Alistuva

Dominointi ja eroottinen alistuminen

Erika Sanders

Alistuva Fantasia
Erika Sanders

Dominointi ja eroottinen alistuminen

Ensimmäinen painos: 2023

Tiivistelmä

Vedin syvään henkeä ja puhalsin sen hitaasti ulos nuoleen kuivia huuliani.

Oliko hän ollut hallinnassa vain tunnin?

Tai ainakin mahdollisuus kävellä pois?

Kuulin hänen liikkuvan huoneessa, television kytkeytyvän takaisin päälle... ymmärtäen, että hän odotti minun viihtyvän.

Suljin silmäni, ei sillä niin väliä, koska en kuitenkaan nähnyt sokeiden läpi...

Alistuva fantasia on tarina, jossa on vahva eroottinen BDSM-sisältö ja joka puolestaan kuuluu myös Erotic Domination -kokoelmaan, sarjaan romaaneja, joissa on korkea romanttinen ja eroottinen BDSM-sisältö.

(Kaikki hahmot ovat vähintään 18-vuotiaita)

Huomautus kirjoittajalle:

Erika Sanders on kansainvälisesti tunnettu, yli kahdellekymmenelle kielelle käännetty kirjailija, joka allekirjoittaa eroottisimmat kirjoituksensa tavanomaisesta proosasta poiketen tyttönimellään.

Indeksi:

ALLISTUVA FANTASIA
ERIKA SANDERS

LUKU I

"Nyt olet todella saanut itsesi sidoksiin."

Huusin pehmeästi.

Se oli hyvin epänaidonta soundia, mutta tällä hetkellä ajattelin vain, mitä tapahtuisi seuraavaksi.

Oliko hän todella lukenut kaikkien sähköpostiemme rivien välistä?

netin chateista?

Myöhäisillan puheluista?

Ehkä sen olisi pitänyt olla hienovaraisempaa.

Näinhän kaikki lehdet sanovat, eikö niin?

Kaverit tarvitsevat minun kertovan heille, mitä heidän tulee tehdä.

"Rentoudu, Debbie."

Kuiskaus korvaani vasten sai minut hyppäämään.

"Helppo sinun sanoa, Harry."

"Shh. Tulen takaisin."

Vedin syvään henkeä ja puhalsin sen hitaasti ulos nuoleen kuivia huuliani.

Oliko hän ollut hallinnassa vain tunnin?

Tai ainakin mahdollisuus kävellä pois?

Kuulin hänen liikkuvan huoneessa, television kytkeytyvän takaisin päälle... ymmärtäen, että hän odotti minun viihtyvän.

Suljin silmäni, ei sillä väliä, koska en kuitenkaan nähnyt sokeiden läpi, ja ajattelin aiemmin tänä iltana...

LUKU II

Otin kännykäni käteeni ja hengitin ulos.

Sormeni leijui LÄHETÄ-painikkeen päällä, silmäni kiinnittyivät kahteen sanaan näytöllä: Olen TÄÄLLÄ.

Vedin syvään henkeä ja sinetöin kohtaloni, rukoillen, että hermot rauhoittuisivat, etten enää tuntenut pahoinvointia.

Nyt ei ollut paluuta.

WC:n huuhtelun ääni peitti lähellä olevan puhelimen äänen.

Hetkeä myöhemmin edessäni oleva ovi avautui ja hermot kasvoivat.

"Aiotko seistä siellä koko yön?" Hän sanoi hiljaa.

Syvä ääni kuului valaistusta ovesta.

Harry

Minun ei enää tarvinnut sulkea silmiäni kuvitellakseni sitä.

Hänen leveät olkapäänsä työntyivät jalkani yläpuolelleni, käärittynä napitettavaan paitaan, jonka hihat on kääritty kyynärpäihin asti.

Hänen obsidiaanisilmänsä tuijottivat minun silmiini loistavalla itseellä.

Hänen suuret kätensä tarttuivat runkoon ja oveen, kun hän nojautui käytävää kohti minua.

Viimeinen ja ensimmäinen tapaamisemme oli ollut gangsteri- ja kabaree-aiheisessa tanssissa viikkoa aikaisemmin.

Oma maasto, omat ystäväni, oma mukavuusalue.

Oli ollut helppo rakastua hänen viehätysvoimaansa, tapaan, jolla hän halasi minua, kun tanssimme hitaasti.

Tapa, jolla hän kaatoi huopahattuni parkkipaikalle ennen kuin suuteli minua pehmeästi, hänen sormensa tuskin koskettivat poskeani.

Tapa, jolla hän kuiskasi korvaani, että päätökseni pukeutua gangsteriin oli saattanut hänet syttymään.

Polveni taipuivat, kun hän painoi lantiotani, mikä osoitti kiihtyneisyytensä.

Vaati kaikki voimani, että pääsin irti itsestäni seuraavat seitsemän päivää, varsinkin töissä.

Myöhäisillan keskustelumme puhelimessa ja Internetissä eivät auttaneet.

Joten miksi hän oli niin peloissaan?

Nautin hetkestä, josta olin fantasioinut koko tämän ajan...

"Debbie?" Hän avasi oven ja astui nyt kokonaan ulos eteiseen suunurkat alaspäin. "Oletko kunnossa?"

Selkäsin seinää vasten puristaen iltalaukkuani olkapäälläni.

Se on virhe.

Minun ei olisi pitänyt tulla.

Mitä oikein ajattelin?

Odota, en ajatellut.

Minä ...

Hänen sormensa harjasivat poskeani, kun hän nosti leukaani.

"Okei. Älä pelkää."

"Kuka minä?" Ääneni kuulosti vapisevalta eikä ollenkaan itsevarmalta, vaikka hymyilin.

Hänen otsansa syventyi.

Huoli ja pettymys näkyivät hänen tummissa silmissään.

"Etkö halua tehdä tätä?"

"Kyllä. Pärjään."

Perääntyin seinästä ja marssin kohti leijonan luolaa.

Ovi pamahti kiinni perässäni ja sai minut hyppäämään ihaillessan ympäristöä.

Se oli tavallinen hotellihuone, jossa oli poreamme vasemmall vaatetanko alkovissa oikealla ja avoin sviitti, jossa oli kaksi lamppua digitaalinen kello pienillä pöydillä yhden hengen vuoteen vieressä.

Sohva, pöytä, kaksi tuolia ja matala lipasto, jonka päälle oli ruuvatt televisio, viimeisteli huonekalut.

Viileä.

Mutta sitten se ei ollut erityinen tilaisuus.

No, ei sellaista, jolle vuokraisit luksushotellihuoneen, kuten häämatkalle.

Viimeiseltä ajatukseltani välttyi pehmeä haukku.

Ei, ei mitään niin tärkeää.

Kädessäni oli hinaus ja minä räpäydyin.

Silmäni kohtasivat hänen, ja hänen pehmeä hymynsä lievensi jännitystä hieman.

"Anna minun ottaa laukkusi."

Vapautin otteeni hihnasta ja katsoin hänen laittavan pussin lipastoon valaistun mutta äänettömän TV-ruudun alle.

Hän painoi kaukosäätimen painiketta ja näyttö pimeni.

Nyt olimme oikeastaan vain me kaksi.

Pienet äänet näyttivät nyt vahvistuneen.

Ilmastointiyksikön pehmeä suhina.

Valon huminaa päämme yläpuolella.

Jään ääni koneessa aivan huoneen ulkopuolella.

Veden kurina kulmaporealtaassa sängyn vieressä.

No, ehkä tämä ei ole niin tavallinen hotellihuone.

Sydämeni hakkasi korvissani.

Yritin pitää hengitykseni tasaisena, yritin keskittyä koko tilanteeseen.

Siinä mitä hän teki.

Miksi hän teki sen.

Minusta karkasi pehmeä voihka, kun ajattelin mahdollista lopputulosta, ja jokin puristui suolessani.

"Debbie? Istu alas."

Hän otti kädestäni ja vei minut sängylle.

Ihoni kihelmöi kosketuksesta.

Polveni taipuivat automaattisesti, ja sitten lepäsin reunalla.

Lyhyen kasvuni vuoksi minun oli vaikea nousta istumaan ja silti kyetä koskettamaan mattoa.

"Näytät kauniilta tänä iltana."

Räpytin uudelleen ja kallistin päätäni häntä kohti.

Kukaan ei ollut koskaan kutsunut minua kauniiksi paitsi vanhempani.

Hänen silmänsä keskittyivät mekkoon, jonka hän oli valinnut tämän illan tanssia varten, punaiseen silkkihameeseen, jossa on ruusukuvio ja mustaan hihaton liivi, joka tarjosi leveän pääntien.

Se oli yksi suosikeistani, lähinnä siksi, että tunsin oloni kauniiksi pienestä ruumiistani huolimatta.

Hymy veti huulilleni, iloinen, että hänkin olisi pitänyt siitä.

"Olen pahoillani. Olen vain vähän..."

"Hyvä on, ymmärrän sen". Hän istui vieressäni pitäen edelleen kädestäni kiinni.

Useiden minuuttien ajan ainoa ääni, jonka pidimme, oli hengityksemme, hänen normaali, minun horjui.

Miten voit olla noin rauhallinen?

Pidin katseeni sylissäni ja nielin raskaasti kuin vaeltelin hänen syliinsä... Näin pienen pullistuman siellä.

Hän puristi kättäni silloin tällöin.

Lopulta, kun tunsin oloni rauhalliseksi, nostin silmäni hänen kasvoilleen.

Hän katsoi minua.

Hänen suunsa kulmat olivat nyt käännettyinä ylös.

"Aion suudella sinua, okei?"

Kallistin leukaani vastaukseksi, ja sitten hänen kätensä paino leukaani ja veti minua lähemmäs.

Silmäni sulkeutuivat, kun hänen lämpimät huulensa koskettiva minun.

He koskettivat ensin kevyesti ja sitten työnsivät minua kovemmin.

Puristin hänen kättään, imeen ilmaa, pienet yllätyksen huudot ulottuivat korviini.

Hänen kätensä liukastui pääni takaosalle, hänen sormensa hautautui hiukseni säikeisiin.

Kun hänen kielensä veti suuni, nyökkäsin.

Kun hän puri alahuuliani, haukkoisin henkeä.

Ja kun hänen kielensä liukastui sisään ravistellen kieltäni, minä voihkin.

Harry piti edelleen suustani, kunnes kielemme tanssivat, nauttien toisistamme, ja valitukseni yleistyivät.

Hän veti kätensä pois omastani ja vapautti pidikkeen, joka piti kastanjaväriäni.

Lempeät aallot valuivat olkapäilleni kuiskaten korviani ja poskiani vasten, ennen kuin työnsin ne pois, jotta voisin pitää pääni tiukemmin.

Käteni löysi hänen reidensä ja puristi sitä, mikä sai hänestä huokauksen.

Kehomme kääntyivät toisiaan vastaan, hermot pehmentyivät, kun hän auttoi minua liukumaan peiton päälle.

Kun nojauduin tyynyjä vasten, huokasin ja jännitys korvasi jännityksen jännittyneissä lihaksissani.

Hänen sormensa hyväili poskiani ja otsaani ja kaulaani, kiertyen punosten läpi, kun hän liikutti suunsa omaani vasten.

Hän oli lempeä mutta luja.

Hallinnassa, mutta ei myöskään kiireessä.

Sormeni kohotettiin jäljittääkseni hänen kaulan ääriviivat leuan kevyen sängen läpi hänen aaltoileviin hiuksiinsa, jotka tukivat hänen päätään.

Kun hänen sormensa liukuivat olkapäälleni, mekkoliivani leveän olkaimen yli ja harjasivat paljaata käsivartetani, pidätin hengitystäni uussani.

Jopa mekkonsa ja rintaliiveensä kautta hän tunsi kosketuksensa ämmön.

Kaipasin hänen ottavan rintani, helpottaakseen hieman painetta, jota olin tuntenut tapaamisestamme lähtien.

Se oli niin lähellä, mutta se näytti välttävän sitä aluetta tarkoituksella.

"Maistut niin hyvältä." Hänen suunsa peitti minun vielä kerran ennen kuin hän siirtyi leukaani, leukaani ja korvani taakse ennen kuin asettui niskani kaaremaan.

Hänen nenänsä hyväili minua, hänen kielensä nuoli lihaani.

Vedin syvään henkeä ja päästin sen hitaasti ulos voihkien.

"Tuoksut upealta."

Huusin, ihoni pistely, kun hän tuhosi häntä.

"Älä lopeta. Mmm."

"Minulla ei ole aikomusta tehdä sitä." Hänen äänensä oli vaimea, kun hän imi hellästi, pureskeli ja sitten nuoli seuranneista terävistä kipuista.

Tartuin hänen käsiinsä ja ankkuroituin häneen.

Hänen lämmin ruumiinsa painui kylkeäni vasten sytyttäen kipinöitä ihoni alla.

Halusin laittaa sen päälleni, mutta minulla ei vain ollut energiaa.

Tai rohkeutta tehdä aloite.

Hänen suunsa osui perhonen suutelee olkapäälleni ja kurkustani alas.

Kun hän lähti, avasin silmäni.

Hänen silmänsä olivat kiinnittyneet, mutta eivät minun kasvoihini.

Jatkoin hänen matkaansa ja huokaisin, kun näin hänen keskittymisensä kohteen: rintojeni nopean nousun ja laskun työntyen mekon pääntietä vasten.

Kateeni palasi hänen kasvoilleen juuri ajoissa nähdäkseni hänen nuolevan huuliaan.

"Jos haluat minun lopettavan, nyt olisi aika..."

"Ei ei ei". Puristin silmäni kiinni ja kylmänväristys juoksi läp ajatuksesta, että kaikki voisi päättyä niin nopeasti.

Pehmeä nauru oli hänen ainoa vastauksensa, ja sitten hänen huulens harjasivat kurkkuani jälleen.

Hitaasti ja järjestelmällisesti ne peittivät jokaisen sentin ihoa.

Joskus hänen kielensä laukaisi ja sai minut vapisemaan.

Hengitin useita kertoja, kun se liikkui alemmas.

Kun hänen huulensa hyväilivät rintani turvotusta, tartuin hameeseeni, vartaloni kumartui häntä kohti omasta tahdostaan.

Hänen kielensä hyväili mustien satiiniliivieni helman yläpuolelle, ja kostean lämmön tunne poltti minua.

Hän liikkui, laittoi kätensä vatsalleni ja käänsi päätään.

Nenäni hautautui hänen hiuksiinsa.

Se haisi hieman tuoreelta voideltеelta pesun jälkeen, ja hengitin ulos huokaisten.

Keskittymiskykyni muuttui, kun tunsin hänen sormensa hiipivän ylös dekolteekseni kaarella, syöksyen rintojeni väliseen tilaan ennen kuin liukastui rintaliivien reunan alle.

Hänen kielensä seurasi sitä, ja kurkkuni takaa nousi huokaus.

Nännit olivat niin kovat, että niihin sattui.

Jos hän vain...

Kehoni vääntyi, kehottaen häntä menemään hieman alemmas, minne halusin hänet.

Siellä missä tarvitsin.

Kun liikutin kättäni ja yritin kirjaimellisesti ottaa asiat omiin käsiini levittääkseni kipua, hän liikkui jälleen ja tarttui käteeni nostaen sen pääni yläpuolelle.

Hän nousi tarpeeksi korkealle vapauttaakseen vasemman käteni alta yhdisti sen oikeaan käteeni.

Piteli molempia ranteita oikealla kädellä, hän laski suunsa jälleen rintaani vasten ja jatkoi nyt palavan ihoni palvomista.

"Ole kiltti... oi kiltti Harry..." mutisin ohitseni hänen minusta saamiensa valitusten.

"Mitä haluat Deb?" Hänen hengityksensä meni rintaliivit läpi ja kutti minua vielä enemmän. "Kerro minulle mitä haluat."

"Voi..." Mieleni oli sumea, ja yhtäkkiä tunsin oloni jälleen nolostuneeksi.

Miksi et vain ymmärrä mitä kysyn sinulta?

"Voiko tämä olla?" Hänen sormensa harjasivat rintani alaosaa mekon läpi ja minä huokaisin. "Kyllä, mielestäni sinä haluat sen."

Hän kiusoitteli jälleen, ja lopulta hänen kätensä painoi rintaani puristaen hellästi.

Hänen peukalonsa harjasi nänniä.

Jopa rintaliivien materiaalin kautta se lähetti shokkiaaltoja koko kehoni läpi.

"Voi luoja!"

Silmäni napsahtivat auki ja pidätin hengitystäni, tuijottaen kattoa mutta en nähnyt mitään, iloiten siitä, että hän oli vihdoin koskettanut minua siellä, missä häntä tarvitsin.

Hengitin, kun hän nosti kätensä ylös ja liukui sormen rintaliivien reunan alle ja pyyhkäisi sitä yhä uudelleen suoraan nännini yli.

Kuumuus ryntäsi ja kerääntyi jalkojeni väliin.

Maailma rauhoittui.

Hänen huulensa harjasivat korvaani, hänen hengityksensä poltti j sai minut edelleen vapisemaan.

Hengitykseni takertui, kun hänen kätensä liukui syvemmäl rintaliiveihini kupatakseen minut kokonaan.

Tunsin hänen ihonsa hieman karkeaksi, kun hän hieroi rintaani pyöritti nänniä peukalonsa ja muiden sormiensa välissä.

Käännyin hänen puoleensa ja suuni etsi hänen omaansa.

Hän huokaisi, painoi huulensa omilleni ja työnsi minut takaisi selälleni.

Liikuin hänen alle ja toistan hänen valituksensa, kun hänen kielen pyyhkäisi suuni ja leikki kielelläni.

Hän puristi rintaani vielä kerran ja veti sitten kätensä pois.

Hän päästi irti vasemman ranteeni, liukui kätensä olkapäälleni ja ve sekä mekkoni hihnan että rintaliivini käsivarteeni.

Kylmä ilma harjasi nyt paljastunutta rintaani.

Nänni kiristyi tuskallisesti.

Olin hengästynyt ja vapisin, kun hänen sormensa liukui käsivarteeni alas ja nosti sen hitaasti takaisin pääni yläpuolelle.

Kun tunsin hänen sitovan jotain ranteeni ympärille, ravistin itseäni automaattisesti.

"Harry?"

"Niin, Debbie?" Hän tuli alas suutelemalla käsivartetani ja rintaani päälle, imeen nänninini suuhunsa.

"Vai niin!" Unohdin mitä aioin kysyä häneltä, hermoni selkeytettiin tällä yksinkertaisella toimenpiteellä ja kumartuin häntä vastaan.

Hän naurahti kiusaten nänniäni kielellään, kun hän kiipesi päälleni ja vapautti toisen ranteeni.

Kun hän löysi oikean rintani, hän siirsi suunsa sille puolelle, kun hän laittoi käteni takaisin pääni päälle.

Yritin niellä ja katsoin hänen sitovan oikean ranteeni.

"Olet niin seksikäs". Hänen silmänsä loistivat, kun hän istui vierelläni ja tuijotti paljas rintaani, mekkoani ja rintaliivejäni juuri rintani alapuolella.

Vedin hellästi ranteitani ja nielin jännityksen.

Käteni olivat tarpeeksi löysät rentoutuakseni tyynyjä vasten, mutta eivät tarpeeksi, jotta voisin irrottaa minut, jos halusin.

"En uskonut sinun muistavan."

Mitä äänelleni oli tapahtunut?

Se kuulosti erittäin käheältä.

"Voi, muistan. Muistan kaiken."

Tuo laiska hymy, tuo syvä sävy, tuo äkillinen tumma katse hänen silmissään sai sydämeni hyppäämään.

Mieleni kiihtyi muistaakseen kaiken, mitä olimme keskustelleet... ja mietin, olinko unohtanut mainita jotain.

Mutta menetin keskittymiseni, kun hän kurkotti selkäni alle, irrotti rintaliivieni hakaset ja avasi mekkoni vetoketjun.

Pidin katseeni hänessä ja näin näennäistä kiehtovuutta hänen silmissään, kun hän ravisteli mekkoani paljastaen yhä enemmän alastomia vartaloani.

Hän pidätti hengitystään, kun hän paljasti mustat satiinihousuni.

Kävelin hänen luokseen ja hän pysähtyi, tarttui lantiostani ja juoksi peukaloillaan edestakaisin peitetyn ihoni yli.

Jatkaessani alastomuuttani, hameeni satiini harjasi paljaita jalkojani ja heitti sitten mekon sivuun.

Hänen sormensa liukuivat ylös pohkeitani, polvilleni ja sitten taas alas avatakseen ja irrottaakseen kantapääni.

Minulle tuli äkillinen vihanpurkaus.

Juoksin hitaasti kieleni kärkeä ylähuulia pitkin ja liikutin lantioni.

"Joten pidät näkemästäsi?"

Hänen silmänsä nousivat minun silmiini, ja vannon, että näin tulen välähdyksen niissä.

Hän ei puhunut, mutta hän liukui sormensa pikkuhousujeni helman alle ja veti ne hitaasti alas.

Nielaisin tietäen, että olin todella huolissani siitä, että hän saattaisi pitää näkemästään.

Kylmä ilma tunkeutui minua vasten, enkä voinut olla painamatta reisiäni yhteen, voihkien ja kiemurteleen, kun hän vain tuijotti minua.

Pari kertaa hän kohotti kätensä ikään kuin koskettaakseen minua siellä, mutta kätensä palasi syliinsä.

Toivon, että voisin lukea ajatuksesi.

Hän kurkotti takataskuun ja nojautui sitten minua kohti harjaten huulensa omiani vasten.

"Oletko kunnossa?"

Vedin pari syvään henkeä ja hymyilin sitten.

"Kyllä, olen kunnossa."

Hänen katseensa kohtasivat minun, ja hän hymyili takaisin.

"Valehtelija."

Hänen kätensä liikkuivat kasvoillani.

Pehmeä kangas peitti silmäni, esti valon ja kiinnitti kuminauhan pääni päälle.

Hengitykseni takertui.

En voinut välttää sitä.

Hän oli oikeassa.

Osa minusta oli huolissaan siitä, että olin mennyt liian syvälle.

Olin halunnut tämän.

Mutta kun kontrollini oli mennyt, hermoni palasivat ja olin peloissani.

Ei välttämättä Harry, mutta mitä hän tekisi... tai jättäisi tekemättä.

Se näytti tehneen tätä ennenkin.

Entä jos en täytä odotuksiasi?

LUKU III

Mikä toi meidät takaisin luokseni makaamaan sängyllä, täysin alasti, ›idottu silmät ja kädet sidottuna sängynpäätyyn.

Harry istui tai seisoi huoneen toisessa osassa ja kuunteli lain ja ärjestyksen toistoja.

Epäilin suuresti hänen katsovan televisiota.

Tunsin todella hänen katseensa minussa.

Ja se ei ollut se epämiellyttävä tunne, kun tiedät jonkun katsovan inua ja ihmettelevän miksi ja katsot sitten hermostuneesti ympärillesi rittäessäsi paikantaa syyllisen.

Sen sijaan tunsin lämmön leviävän läpi, iloinen, että se piti minut :atsomisen arvoisena.

Kului useita minuutteja, sarja meni mainokseen, ja taustalla kuulin elkeän hotellihuoneen oven avautumisen ja sulkeutumisen.

"Harry?"

Ei ollut vastausta.

Yritin olla panikoimatta, mutta en voinut muuta kuin vetää kiinni ıjoituksistani.

En kuullut ketaan muuta huoneessa, mikä oli hyvä asia.

Mutta silti...

Ajatukseni valtasivat minut, kun kuulin oven avautuvan jälleen.

Pidätin hengitystäni, kuulin jään naksahtavan lasissa ja limsapurkin ıkeavan sihisemisen.

Toisen ruumiin lämpö harjasi oikeaa kylkeäni, ja sänky painui nkun istuvan painon alla.

Huokaisin, kun kylmä kämmen harjasi oikeaa nänniä.

"Ikävöitkö minua?"

Huokaisin repaleisen huokauksen, helpottunut kuullessani Harryn nen.

"Kerro minulle jotain, kun seuraavan kerran menet!"

"Olen pahoillani. En tarkoittanut pelotella sinua."

Hänen huulensa harjasivat omiani.

Tunsin hänen hengityksensä hännän hajun.

Kielemme flirttaili hetken, ja sitten hän nojautui taaksepäin.

"Pitäisikö meidän aloittaa?"

Hymyilin rentoutuen tyynyjä vasten.

Kuulin hänen laskevan lasinsa alas, ja sitten hän alkoi kaivaa pään alla laskeen peittoja ja peittoja.

Ihoni pisteli ja meni kananlihalle, kun hänen kätensä harjasiva vartaloani vasten.

Auttoin niin paljon kuin pystyin asennossani nostamalla vartaloani.

Kun hän jo makasi yksin kylmillä lakanoilla, sängyn paino siirty jälleen ja televisio vaikeni.

"Etkö näe mitään, ethän?"

Nojasin pääni eteenpäin, molemmille puolille, ja sitten rentoudui uudelleen.

"Ei mitään."

"Nauti sitten. Eikä sanaakaan."

Nyökkäsin ja taivutin ranteitani ja sormiani.

Tiesin, että hän katsoi minua jälleen ja jalkojeni väliin muodostu lämpöä.

Liikutin lantioni, heilutin varpaitani ja käänsin sitten nilkkojani.

Mikä tahansa, joka saa minut häiriintymään.

Huuleni olivat yhtäkkiä kuivat ja nuolin niitä, nielin ja huomasi myös suuni kuivan.

Pakotin itseni hengittämään normaalisti ja kuuntelin vihjeitä siit mitä hän saattaisi tehdä.

Ilmastointi sammui, ja sitten kuulin vain hänen edes hengittävän.

Mutta silti se ei koskenut minuun.

Muutaman minuutin kuluttua lihakseni rentoutuivat ja jalka avautuivat hieman.

Hänen hengityksensä tarttui ja minä hymyilin.

Mietin, masturboiko hän, mutta varmasti hän olisi kuullut siitä merkkejä.

Aioin kysyä häneltä, oliko kaikki hyvin, kun tunsin sen.

Se oli erittäin kevyt kosketus suoraan molempiin nänneihini.

Huusin, kun ne kovettuivat.

Tunne liikkui alaspäin seuraten rintojen alla olevaa käyrää ja sivuille.

Se oli ehdottomasti höyhen, täyteys harjasi ihoani kuin pehmeimmät sormenpäät.

Se liikkui vatsan yli, hahmotteli kylkiluitani ja kiersi napaani.

Lonkkaani nykivät, kun kärki kosketti nivusaluettani, missä jalkani liittyi vartalooni.

Vapahdin, huusin.

Hän toisti liikkeen liikkuen lantioni yli ja hitaasti takaisin, seuraten lantioni linjaa.

Käpertelin, kun hän juoksi höyhenen litteän osan vasemman reisini yläosan yli.

Hanhennahka nousi jälleen ja levitin jalkani leveämmäksi, käyttämällä jalkojani saadakseni voimaa sänkyä vasten työntyäkseni ylös.

Harry naurahti.

"Kärsivällisyyttä, Deb."

Mutta hän liu'utti höyhenen reideni sisäpintaa pitkin polveni ja pohkeeni alle.

Nauroin, kun hän kutitti jalkani pohjaa.

Se muutettiin toimimaan oikealla puolellani.

Tunsin hänen ruumiinsa lämmön nojaavan jalkojeni yli.

Höyhen jäljitti saman kuvion toiseen jalkaan, mutta taakse.

Jalkasta pohkeeni, polveni alapuolelta ja reiden yli, lantion ja kylkiluiden kautta.

Kaarutin selkääni ja voihkin pehmeästi, kun nänniti koskettivat hänen paidansa käärittyä hihaa.

"Hei, älä huijaa!"

Hymyilin ja nuolin huuliani, mutta käyttäytyin ja nojauduin taaksepäin.

Hän vetäytyi pois ja tunsin hänen liikkuvan pääni yli.

Höyhen seurasi oikean käteni alaosaa ranteeseeni ja harjasi sormiani.

Hän piirsi ympyröitä avoimelle kämmenelleni ennen kuin hän kulki jälleen käsivarteeni alas.

Kärki pyyhkäisi olkapääni yli, solisluuni alas ja kurkkuni yli.

Nojasin pääni vasemmalle tyynyä vasten ja huokaisin, kun hän piirsi kuvioita niskaani ja kiusoitteli korvaani.

Kun hän liu'utti kynän leukaani alle, kallistin päätäni toiselle puolelle ja huokaisin uudelleen toistaessani samat liikkeet koko niskalleni, olkapäälleni ja vasempaan käsivarteeni ja käteeni.

Liikutin sormiani kynän liukuessa niiden väliin.

Hän nousi seisomaan ja antoi ruumiini pyytää.

Sormeni puristuksissa kaikuvat supistuksia syvällä sisälläni.

Nuolin huuliani uudelleen, tunten sydämeni hakkaavan.

Onneksi se ei ollut kauaa poissa.

Uusi tunne, kai silkkihuivi, harjasi sormenpäitäni ja molempia käsivarsia yhtä aikaa.

Se peitti kasvoni, liukuen hitaasti alas nenääni ja suuni peittämään kaulani.

Kun hän saavutti rintani, kumartuin voihkien.

Hän hieroi sitä edestakaisin kipeiden nänneni yli.

Sitten nenäliina hyväili vatsaa ja lantiotani harjaten lyhyest lantiotani matkalla reisiin ja jalkoihini.

Hän toisti prosessin päinvastoin, varoen pysähtyen alueille, joilla hän voihki nautinnosta.

Ja sitten nenäliina katosi yhtä nopeasti kuin näytti.

Kuulin Harryn etsivän muovipussia, ja sitten hän makasi taa sängyllä vieressäni.

Kuului naksahdus, joka kuulosti muovikorkilta.

Huokaisin, kun jokin kylmä peitti vasemman rintani.

Hänen kielensä nuoli nännini ennen kuin imi sen suuhunsa.

"Oho!" Kumarruin hänen sisäänsä, ja hän totteli raahaamalla kieltään rintani yli, kätensä kupiteltuna ja puristaen.

Kun hän ilmeisesti nuoli vasenta rintaani, hän muutti makuulle oikealle kyljelleni ja toisti prosessin.

Tunsin lämmön jyskyttävän sisälläni, anoen, että minua kosketetaan, ja itkisin.

"Tiedän, Deb. Tiedän." Hän puristi oikeaa rintaani ja ojensi kätensä suutelemaan minua, upottaen kielensä suuhuni. "Mmm."

Maistoin suklaata ja voihkin sen kanssa.

Hän suuteli leukaani ja kaulaani, silitti olkapäätäni.

Kylmä suklaasuihku putosi huulilleni, ja nuolin nälkäisesti.

Hänen sormensa painui huulteni väliin, ja minä imi sen syvälle suuhuni pyyhkien sitä myös suklaasta.

Sitten kylmyys hiipi leukaan ja kurkkuun.

Se jatkui rintojen välisen halkeaman läpi ja kiersi napaa.

Hänen kielensä ja huulensa seurasivat hitaasti, mikä sai minut vapisemaan jännityksestä.

Patjat vinkuvat, kun hän käveli pois, ja sitten kuulin juoksevan veden kylpyhuoneessa.

Hän palasi hetken kuluttua ja juoksi hitaasti lämpimällä pyyhkeellä kaulalleni, rinnoilleni ja vatsalleni.

Lämpötilan muutos sai minut haukkumaan ja kehoni värähteli.

Hän makasi jälleen vasemmalla puolellani, kätensä ojensi vatsan yli.

Hän hieroi minua hetken, hänen suunsa peitti vasemman nännini, naposteli ja imesi hellästi.

Yritin kurkottaa alas päästäkseni sormeni hänen hiuksiinsa, mutta käteni eivät päässeet häneen, mikä muistutti minua siitä, että olin hillitty.

Pidin sen sijaan ilmassa yrittäen painaa kylkeäni häntä vasten.

Hänen kätensä liukui ylös ja painoi rintaani.

Itkin äkillistä nänniä vasten hierovan jääkuution puremaa.

Vedin pois, mutta ei ollut minnekään mennä.

Kylmä vesi tippui rintaani alas, jää kiertää hitaasti nännini ympärill

Se sattui, mutta äkillinen kipu muuttui turruttavan miellyttäväksi j tunsin lämmön nousevan jälleen jalkojeni väliin.

Huusin yrittäen nyt vetäytyä pois ja puristaa nyrkkini.

"Shh. Shh."

Hänen vapaa kätensä painui jälleen vatsaani vasten ja piti minu sänkyä vasten, kun hän imi tunnottomalle nännilleni nuoleen vettä.

Hän vetäytyi pois, ja lämmin pyyhe peitti vapisevan rintani.

Minun olisi pitänyt olla valmis siihen, että hän siirtyisi oikeall rintalleni, mutta jäinen jääpala hänessä hämmästytti minua silti.

Huusin, ja jälleen kerran huokaisin ja vetäydyin pois, huolimatt hänen yrityksistään rauhoittaa minua.

Terävä kipu palasi puristaen nännini ja tunnottaen ihoa se ympärillä.

Kun jää suli, hänen suunsa nuoli ja imi vettä, ja sitten pyyhe lämmit rintaani.

Pääni oli nyt sumea.

En voinut uskoa kuinka innoissani hän oli, vielä enemmä jääkäsittelyn jälkeen.

Tunsin hieman syyllisyyttä, että nautin lyhyestä kivusta.

Tuloksena oleva ilo oli hämmästyttävä.

Olin iloinen, että Harry oli sitonut ranteeni.

Hän oli varma, että hän olisi yrittänyt pysäyttää hänet, jos hänell olisi ollut mahdollisuus.

Kuinka kauan olemme muuten olleet tässä?

Ajatukseni palasivat nykyhetkeen, kun jää liukui rintojeni väliin.

huusin ja kumartuin.

Harry tarttui kyljeni käsiinsä ja piti minua itseään vasten, kun hä raahasi jäätä ylös ja alas kehoni keskeltä suullaan, rintani harjaamall hänen poskia.

Tunsin nappassani vesialtaan valuvan lantioni yli.

En uskonut, että kehoni voisi lopettaa tärisemistä.

Kun jää katosi, hänen kielensä korvasi sen nuoleen ihoani, joka nyt sihisi kylmän jää- ja vesikerroksen alla.

Hänen kätensä siirtyivät kupittamaan rintojani, puristaen niitä, kun hän silitti pääntietä keskellä.

Kesti hetken tajuta, että hän makasi jalkojeni välissä.

Välittömästi nostin polveni hänen lantiolleen.

Hän tunsi olonsa niin hyvältä kätkeytyneenä minua vastaan siellä, missä häntä eniten tarvitsi koskettaa.

Huokaisin hänen kovan pullistuman kuumuudessa, joka näkyi hänen housuissaan.

Hänen syvä naurunsa värähteli rinnassani.

"Okei. Ymmärrän idean."

Hän vapautti minut ja ryömi pois jaloistani.

Valitin äkillistä poissaoloa, mutta hänen kätensä lantiollani rauhoitti ieroutunutta vartaloani.

Hänen sormensa kulkivat kiharani ja kuuman ihoni välissä.

minä huokasin.

Jalkani levisivät taas.

Yksi hänen sormeistaan painui liukasta viiltoani vasten koskettaen hyesti klitoistani.

Kukkasin ja levitin jalkani leveämmäksi.

Hän silitti hitaasti kämmenellään ulkohuulillani.

Aina silloin tällöin hän kasteli sormensa ja raahasi sitä yhdestä päästä oiseen ja sai minut henkäilemään.

Hänen kätensä pysähtyi, kupahti röykkiöäni, ja kaksi sormea painoi, vittäen turvonneita huulia.

Pidätin hengitystäni, kun hänen peukalonsa kiersi klitoistani.

Ja sitten sormi liukui alemmas.

Hän leikki sillä jäljittäen innokkaan reiän reunaa ennen kuin siirtyi arjaamaan sisähuulteni seinämiä.

Lonkkaani nykivät yrittäen jo pakottaa hänet sisälleni.

Hänen vapaa kätensä painoi lantioni sänkyyn, ja sitten hän silitti pilluani kokonaan.

Hänen kätensä kantapää lepäsi lantion luutani vasten, kun hänen kolme ensimmäistä sormeaan liukuivat alas, alas laaksoon ja käpertyivät harjatakseen klitoistani.

Ja uudelleen.

Se oli hieno tunne, vihdoin saada hänet koskettamaan minua, mikä helpotti tuntemaani painetta.

Käteni puristuksissa, vartaloni kumartuneena kamppailler vapauttaakseen itsensä.

Voihkaisin ja heitin pääni takaisin tyynylle, kun hän työnsi kaks paksua sormea sisääni ja sitten imi nännini hampaideni väliin.

Hänen kätensä kiihtyi, painoi lujaa ja syvää.

Jännitys vatsassani kasvoi, ja kirjotin reidet hänen kätensä ympärill huutaen.

Hänen kätensä pysähtyi, mutta hänen sormensa liikkuivat edellee jalkojeni välissä.

Hän imesi rintaani, kun ratsastin kohti ensimmäistä huipentumaan

Kun sain hengitykseni kumoamisen jälkeen, hän vetäytyi.

Kuulin hänen kurkottavan uudelleen pussiin, ja sitten hän maka jalkojeni välissä levittäen reisiäni.

Hengitykseni takoi taas kun tunsin jotain kermaista ja kylmä levittyneen pillulleni.

Nypistyin ja imi alahuuliani, en pystynyt estämään lantio kaareutumasta häneen.

Hänen sormensa harjasivat reisieni sisäpuolta, ja sitten hän pain yhtä sormea liu'uttamalla sitä ylös ja alas pilluani.

Nielaisin ja hengitin syvään, jotta hän liukastui sormensa suuhuni.

Huuleni sulkivat hänen sormensa.

Voihkin kermavaahdon mausta, jossa oli aavistus omia seksuaalis mehujani.

Kun hän imeskeli hänen sormeaan, hän silitti sitä sisään ja ulos jäljitellen sitä, mitä hän oli jo tehnyt alakerrassa aiemmin.

Ei ollut vaikea ajatella hänen tekevän sitä muullakin kuin vain sormillaan.

Pelkästään sen ajatus, että hän oli peittänyt pilluni kermavaahdolla, ja luultavasti arvailu, miksi viimeaikaisten suklaakokemusten perusteella sai minut haukkumaan.

Hän oli jo pelannut kanssani useammin kuin osasin laskea.

Ja vaikka minulla oli jo tänä iltana monia uusia kokemuksia, en koskaan kuvitellut pojan nuolevan minua siellä.

Tunsin hänen istuvan sängyllä koskematta minuun.

Hän murisi pitkään ja matalalla.

Se oli seksikkäin ääni, jonka olin koskaan kuullut, enkä voinut olla toistamatta sitä.

Kermavaahdon alin kerros alkoi sulaa ja tippui klitiini ympärille.

Muutin, voihkien pehmeästi, kun hän painoi lisää kermavaahtoa huulteni väliin.

Olin laittanut sinne ennenkin parranajovoidetta, kun yritin ajaa pilluani, ja tunne oli yhtä eroottinen nytkin, puristaen ja hyväillen herkkää ihoani.

"Meistä on tulossa vähän taistelijoita, eikö niin?"

Kuulin käsittämättömän kärsimättömyyden äänen, ja hän nauroi.

Rakastin hänen nauruaan yhtä paljon kuin hänen seksikästä murinaansa.

Taistelin nielemään, rakastaen sitä, mitä hän teki minulle henkisesti ja fyysisesti, ajoittaisesta turhautumisestani huolimatta.

Harry juoksi sormillaan vasemman rintani yli, alapuolella olevaa askasta kaarevuutta pitkin, yläosan lempeän surffauksen yli hahmotellen areolaa.

Hän kupli ja hieroi rintaani.

Hänen peukalonsa ja etusormensa puristivat nänninini.

Purin huultani, etten huutaisi.

Hän hieroi varovasti kovaa kyhmyä sivulta toiselle ja painoi sitten kämmenänsä sitä vasten, mikä helpotti terävää kipua.

Hänen kätensä liukui alas pääntietä keskeltä ja harjasi oikeaa rintaani.

Hänen sormensa koskettivat minua jälleen sähköistäen ihoni ja lähettäen uuden tulen jalkojeni väliin.

Kun hän puristi nänninini, pyörähdin hänen luokseen ja halusin hänen laittavan suuni siihen uudelleen.

"Erittäin järkevää."

Hänen hengityksensä harjasi poskeani, hänen kielensä pyyhkäisi leukaani, ja sitten hän toteutti toiveeni.

Hänen huulensa sulkivat nännini yli ja imevät hellästi luomaani terävää kipua.

Keinuin sivulta toiselle voihkien.

Tunsin kermavaahdon tarttuvan reisiini nyt, ja mietin, olinko unohtanut.

En halunnut hänen lopettavan nuolemasta rintaani, mutta yhtäkkiä halusin hänen alas.

Halusin tietää, miltä tuntui saada hänen kielensä kiusoittelemaan minua siellä, aivan kuten hän kiusoitteli nänniäni.

Miltä tuntuisi, jos hänen kielensä kärki painaisi sisälläni, hänen hampaansa purevat liukasta ihoani.

Hän juoksi kielensä litteän osan nännini yli uudelleen ja liukui sitten alas vartaloani suutelemalla, naposellen ja nuoleen jokaista ihoni senttiä matkan varrella.

Ennen pitkää hän makasi jalkojeni välissä.

Hän suuteli lantiotani ja hidasi sitten kielellään jalkojeni ja lantion risteyksen yli.

Hän lisäsi uuden kerroksen kermavaahtoa, ja sitten hänen kätensä kietoi reisini alle ja erosi.

Huokaisin, vartaloni kouristeli hieman.

Tunsin hänen kuuman hengityksensä pehmeitä kiharoitani vasten.

Itkin, kun hänen kielensä tuli ulos ja kosketti klitistäni.

Levittelin jalkani leveämmäksi ja hän nosti alaston pilluni lähemmäs suutaan.

Hänen kielensä nuoli minua jälleen, ja minä huokaisin helpotuksesta.

Hänen sormensa hieroivat reisiäni, kun hän nuoli syvemmälle pilluani pitkin.

Kuulin pehmeän äänen hänen kielensä nuolevan kosteudeni ja levittyneen kermapinnoitteeni seosta.

Hänen kielensä oli kaikkialla, eikä siitä puuttunut yhtään rakoa.

Se oli hidas ja mutkikas prosessi, ja rukoilin, ettei se lopu pian.

Päästin irti, lantioni nykivät hänen suunsa alla.

Kun hän imi klissiäni, huusin taas.

Kun hän painoi kielensä kärkeä minua vasten, huokaisin.

En voinut saada hänestä tarpeekseni.

Ja halusin koskettaa häntä enemmän kuin koskaan.

Kiroin rajoituksiani... ja ne silti nostivat kiihottumistasoa samaan aikaan.

Minulla ei ole koskaan ollut näin erilaisia tunteita yhtä aikaa.

Tulin toisen kerran, kun hänen sormensa liukastui taas sisälleni.

Hän silitti minua läpi orgasmin, hänen suunsa tarttui edelleen klitoosi, hänen kuuma hengityksensä sekoittui omaan lämpöäni ja kosteuteeni.

Olin tulossa alas huippupisteestäni, kun tunsin jääpalan ja huusin.

Olin työntänyt hänet sisääni ja kylmää vettä valui pakaroideni väliin.

Hänen sormensa painoivat, pitäen jäätä paikallaan, antaen lämpöni sulattaa sen.

Tunsin lihakseni kiristyvän hänen sormiensa ympärillä, ja hän silitti niitä hitaasti sisään ja ulos samaan aikaan, kun huusin.

Toinen jääkuutio liittyi kohtaukseen, tällä kertaa klilistani vasten.

Kaaduin toiseen orgasmiin, pääni pyörii edestakaisin nostettujen käsivarsieni välissä, tunsin jään ja hänen sormensa hyväilevän minua.

Hänen suunsa nuoli pilluani jälleen kun kiemurtelin hänen alla.

Jotenkin sormeni onnistuivat tarttumaan tyynyyn.

Luulen, että huusin joitain kirouksia, koska Harry nauroi ja sanoi minusta jotain, kuten "olet paha tyttö", ääni värähteli ihoani vasten.

Lopulta hän tarjosi minulle helpotusta ja käveli pois laskeen jalkani sängylle.

Huokaisin silmäni kiristyneenä.

Kehoni tuntui tulessa, ikään kuin mikään tähän mennessä tekemäni ei olisi täysin tyydyttänyt sitä, ja silti tunsin olevani uupunut.

Hänen suunsa peitti minun.

Onnistuin löytämään voimaa suudella häntä takaisin, maistelemalla ja haistaen omaa makeaa myskiäni hänen huulillaan.

LUKU IV

Minun on täytynyt nukahtaa, koska seuraava ajatukseni oli ihmetellä, miksi makasin kasvot alaspäin vatsallani.

Ranteeni olivat edelleen sidottu sängyn päähän, pääni yläpuolelle.

Olin edelleen sidottu silmät ja alasti, mutta olin kääntynyt ympäri.

Huokaisin tuntien rintani painavan lämmintä lakanaa vasten, kasvoni kätkeytyneenä tyynyyn, joka makasi pääni ja käsivarteni välissä.

Hän voisi nyt yltää sängynpäädyn puisiin säleihin.

Tartuin niihin kevyesti haistaen hikeäni ja hajuvettäni tyynyllä.

Olin soittamassa Harrylle, kun tunsin lämpimän nesteen lapaluillani ja sitten käsien tunteen levittämässä nestettä iholleni.

Se tuoksui laventelilta.

"Tervetuloa takaisin Deb. Otit pienet nokoset." Hän kumartui alas ja suuteli poskeani. "Hyödynsin tilannetta ja asetin sinut uudelleen. Onko olosi kunnossa? Satuuko käsiisi?"

Hymyilin ja mutisin:

"Ei, olen kunnossa".

"Hyvin."

Hän suuteli minua uudelleen ja alkoi sitten hieroa selkääni ja olkapäitäni.

Hänen sormensa liukui ihon yli öljyn takia.

Hänen kätensä painoivat ja vetivät hellästi lihaksiani, vetäen voihkia huokauksia syvältä sisälläni.

Olin käynyt useita hierontoja aiemmin, mutta yksikään ei ollut ollut niin aistillinen.

Se sai minut syttymään enemmän kuin se todella helpotti tukossa olevaa jännitystä.

Hänen sormensa siirtyivät pääni tyveen, hieroen päänahkaa ja korvieni taakse.

Hengitin hitaasti, muistaen missä muualla nuo sormet olivat hieroneet minua.

Kun hän oli valmis käsittelemään niskaani, hän kohotti kätensä käsilleni.

Sormemme kietoutuivat yhteen, öljyn tahrattuna.

Hän puristi käsiäni ja palasi alas selkääni ja sivuilleni.

Vapahdin, kun hänen sormensa harjasivat rintojani ja hieroivat öljy rintani ympärille, missä hänen sormensa ulottuivat.

Voihkin nyt, tunsin hänen ruumiinsa painon jalkojeni välissä painaen persettäni.

Nyökkäsin, kun tunsin hänen pullistumansa kovettuvan, mutta hän astui taaksepäin ja työskenteli nyt jalkojani.

Huusin ja hautasin kasvoni tyynyyn vaimentaakseni ääntä.

Hän viimeisteli jalkani ja liukui hitaasti kätensä alas jalkojen takaosaan, takapuoleni yli, painaen vyötärön takaosaa, lantiota ja kylki alaspäin.

Hänen sormensa harjasivat jälleen rintojeni sivuja, ja sitten hä makasi päälleni, suunsa niskaani vasten.

Hän harjasi hiuksiani taaksepäin ja pureskeli oikeaa korvalehteän mikä sai minut voihkimaan.

Huokaisin ja liikutin persettäni häntä vasten tunten häne kovuudensa sykkivän vastineeksi.

Hän ei halunnut kerjätä ja oli suostunut olemaan sanomatta mitää mutta hänellä oli kuuma ja epämukava olo hieronnasta huolimatta.

Hän tarvitsi enemmän.

"Harry?" Huusin ja kumartuin taas ylös.

"Niin, Debbie?"

Se kuulosti hauskalta.

Ihan kuin tätä odottaisi.

Hän painoi minua vasten.

minä murisin.

"Ole kiltti?"

Hän nuoli niskaani.

"Pyydän sitä?"

"Ole kiltti..."

"Hmm?" Hän nousi seisomaan, kuulin hänen vaatteensa kahinaa, ja sitten istui viereeni, paljas reidet olkapäätäni vasten.

Hänen kätensä silitti alaselkääni, silitti persettäni.

"Mitä haluat Deb?"

En voinut hengittää hetkeen, kun tiesin, että hänen kukkonsa oli siellä.

Huusin ja purin sitten alahuultani.

"Näytä."

Hän poisti sokeiden ja minun piti räpäyttää useita kertoja tottuakseni valoon.

Huomasin hänen paljaan olkapäänsä ja piikkilankatatuoinnin, joka ympäröi hänen vasenta hauislihasta.

Silmäni liikkuivat alaspäin, ja tunsin jonkin syvällä sisälläni vääntyvän halusta, kun näin hänen kalunsa, kova ja paksu hänen reidessään.

Hän osoitti suoraan minua, hänen päänsä kirkkaan punaisena.

Pidätin hengitystäni ja käänsin kasvoni tyynyä kohti tarttuen jälleen sängyn säleisiin.

"Siinä kaikki?" Hänen kätensä liikkui alemmas, hyväillen reisieni sisäpuolta.

Nyökkäsin huokaisten.

"Ei."

"Mitä vielä haluat Deb?" Hänen äänensä oli pehmeämpi, pehmeämpi.

Pakotin itseni nielemään ja suljin silmäni.

"Sinä. Haluan sinut. Ole hyvä."

"A) Kyllä?" Hänen sormensa liukastuivat kosteudestani ja hieroivat klitoistani.

Hengitin ja silmäni loksahtivat auki.

Jotenkin onnistuin löytämään ääneni uudelleen.

"Haluan lisää."

Hän silitti minua hitaasti.

Hänen sormensa työntyivät minuun.

"A) Kyllä?"

"Haluan lisää."

Taistelin saada polveni alle, levittää jalkojani leveämmälle ja tuntea hänet syvemmälle.

"Entä tämä?" Hänen äänensä oli kuuma kuiskaus korvassani.

Huusin, kun tunsin hänen painavan kaluaan minua vasten, silitellen sitä edestakaisin ulkohuulteni välissä.

"Oi kiitos kyllä!"

"Mitä haluat minun tekevän seuraavaksi, Deb?"

Kieleni jäätyi.

Ajattelin vain likaisia asioita päässäni.

En ollut koskaan kuvitellut sanovani sellaisia sanoja ääneen.

Tähän asti.

Mutta hän ei voinut sanoa niitä.

En vain voinut...

Hän kumartui selkäni yli, hänen kalunsa lepäsi pakaroideni välissä ja kuiskasi korvaani:

"Haluatko minun naivan sinua Debbie? Haluatko, että teen sen todella hitaasti?"

Tukehduin ja nyökkäsin sitten niin kiivaasti, että niskani särki rasituksesta.

Hän naurahti, istui takaisin alas ja tarttui vasempaan lonkkaani vahvalla kädellään.

Tunsin hänen liikuttavan kaluaan, kunnes se lepäsi ulkohuulteni välissä.

Paine kasvoi.

Koko vartaloni jännittyi.

Hän oli leikkinyt leluilla monta kertaa, joten hän oli tottunut hänen kukkonsa kokoon.

Mutta olin vain kuvitellut, miltä tuntuisi tuntea hänet todellisena sisälläni.

Huolimatta kiihottumisesta ja laajentumisesta, olin silti huolissani kivusta.

Hän työnsi polveni omaansa, ja ne liukuivat vielä pidemmälle lakanoilla.

Hän painoi uudelleen ja tällä kertaa tuli sisään.

Tukehduin uudelleen hautaen kasvoni tyynyyn teeskennellen, että se oli hänen sormensa hänen kukkonsa sijaan, jotta voisin rentoutua.

Ja aivan kuten luvattiin, hyvin hitaasti, tuuma tuumalta, hän astui kuumaan, märkään pilluani.

En voinut uskoa sitä tunnetta.

Ei ollut kipua.

Sen sijaan oli voimakasta, sykkivää lämpöä.

Ja ilo.

Oi mikä ilo!

Luulin, että se ei lopu koskaan, ja sitten se loppui, ja me molemmat seisoimme hyvin paikallaan.

"Oletko kunnossa Deb?"

Toinen käsi piti edelleen lantiostani

Toinen hyväili pientä selkääni.

Onnistuin sanomaan "Kyllä".

Hän saattoi vain kuvitella eroottisen kohtauksemme: minä nelijalkain, ranteeni sidottuna sänkyyn, peppuni nostettuna häntä kohti.

Hän polvistui takanani, hänen kalunsa hautautui syvälle sisääni, kätensä lantiollani.

Vapina juoksi läpini.

En ollut koskaan kuvitellut olevani alistuva... ennen tätä iltaa.

Hän alkoi perääntyä.

Hän kulki hitaasti, hieman ulos, takaisin sisään; Hän meni ulos vielä vähän, aina taaksepäin, kunnes liukui niin, että vain jäsenensä pää jäi sisälle.

Se oli vaikuttava kokemus, ja saatoin päästää irti vain pienistä mielihyväistä hänen liikkuessaan.

Hänen kaksi kätensä tarttuivat lantioni nyt, ja hän nai minua hitaasti sisään ja ulos, heilutellen vartaloani edestakaisin häntä vasten.

Hän pääsi rytmiin, ja huomasin liikkuvani samalla tavalla omasta tahdostani.

Kun hän työnsi koko matkan alas, pysähtyen saadakseen erityisen syvän työntövoiman, hautautuen hänen pallonsa persettäni vasten, voihkin kovempaa.

Menetin ajantajun, nautin vain tunteista:

Hänen kätensä vartalollani.

Hänen kukkonsa sisälläni.

Tylsä ääni, kun hän liukuu pilluani.

Sydämeni hakkasi päässäni.

Raskas hengityksemme.

En tiedä sanoiko hän mitään, mutta olin niin keskittynyt sisälläni kasvavaan paineeseen, etten usko, että olisin kuullut häntä, jos hän olisi kuullut.

Hän ei ollut lisännyt nopeuttaan koko ajan.

Näin koko kokemus tehostui, nautinto saavutettiin.

Hän siirtyi hieman, mahdollisesti vähentääkseen polviin kohdistuvaa painetta.

Sillä ei ollut väliä, miksi hän teki sen, mutta hän myös liikkui sisään ja minä huusin tajuten, että hän oli osunut G-pisteeseeni.

Hän pysähtyi retriitilleen.

"Debbie? Satutinko sinua? Oletko kunnossa?"

"Siellä!" En voinut sanoa muuta kuin, hengitykseni juuttu kurkkuuni ja kehotti hiljaa häntä jatkamaan.

Tartuin sängyn säleistä ja yritin työntää häntä vasten, mutta hänen kätensä pysäyttivät minut.

Hän työnsi eteenpäin, ja minä huusin, kun hän löi häntä uudelleen.

"Siellä!"

"Ah. Selvä, Deb. Selvä."

Ja hän teki.

Uudelleen ja uudelleen hän liukastui syvälle tähän täydelliseen aikkaan.

Reuna lähestyi ja läheni.

Ja sitten käännyin ympäri ja huusin koko matkan.

Kaaduin takaisin sänkyä vasten, mutta hän jatkoi silittämistä uiskaten rohkaisevia sanoja.

Hän tuskin ymmärsi mitä sanoi, mutta hänen syvä äänensä lohdutti.

Tunsin hänen kätensä puristavan minua tiukemmin.

Hänen lantionsa osuivat takapuoleeni, kuuma virta tunkeutui syvälle isään, itkin hänen kanssaan, ja sitten olimme hiljaa.

Yllättäen hän alkoi silittää minua jälleen, yhtä hitaasti kuin nnenkin, ja sain uuden orgasmin.

Kun tärisin hänen alla, Harry kurkotti yläpuolelleni ja avasi ranteeni.

kaaduin kyljelleen.

Hän veti minut takaisin rintaansa vasten, yhä sisälläni.

Kyyneleet nousivat silmiini, kun yksi hänen kätensä peitti rintani ja yväili minua.

Hänen toinen kätensä putosi kupittamaan kumpua, hänen sormensa ukuivat reisieni väliin hieromaan klitoistani.

Ja tulin viidennen kerran.

Jossain vaiheessa vedin hänen kätensä pois.

Tunsin hänen kalunsa liukuvan ulos minusta ja nojaavan jalkaani sten.

Hän levitti suukkoja lapaluuni pitkin ja piti minua lusikkaasennossa eään vasten.

Kun palasin todellisuuteen ja hengästyin, käännyin katsomaan häntä.

Hänen kätensä kietoi minut ympärilleni ja veti minua lähemmäs.

"Emme käyttäneet kylpytynnyriä", mutisin hänen olkapäätään vasten.

"Mitä, eikö tarpeeksi iloa yhdeksi yöksi?" Hän naurahti ja paino huulensa otsalleni harjaten hiuksiani korvani taakse "Uloskirjautuminen on vasta huomenna keskipäivällä. Meillä on sii runsaasti aikaa."

Nojasin pääni taaksepäin, jotta voisin katsoa hänen tummiin silmiinsä.

Ne näyttivät painavilta, yhtä unelliselta kuin minun.

Onnistuin piilottamaan haukotteluni hymyillen.

"Hyvä, koska minulta puuttuu kostoni ja olen narttu."

LOPPU

HALLITSEE SUSAN. UUSI TYÖ (EROOTINEN HALLITUS) ERIKA SANDERS

ESIPUHE

Robert on kypsä menestyvä liikemies, naimisissa ja hänellä on Susanin ikäinen poika.

Heidän perheensä ovat olleet läheisiä ystäviä useiden vuosien ajan, ja ıän oli nähnyt hänen kasvavan ihanaksi nuoreksi naiseksi.

Hän oli aina osoittanut avointa ystävyyttä tyttöä kohtaan ja vuosien nittaan tehnyt naisen tietoiseksi rakkaudestaan tyttöä kohtaan.

Salaa hänen ystävällinen suhteensa ja kiintymys tyttöön piilottivat ıänen monet synkät toiveensa ilman mahdollisuutta toteuttaa niitä.

Hänen täydellinen alistuminen hänelle oli hänen synkimmissä ajatuksissaan ainoa unelma, jonka hän toivoi toteutuvan.

Susan on vastavalmistunut tyttö, jolla on kauppatutkinto kädessään ı innokas kokemaan maailma.

Aloittelemassa ensimmäistä oikeaa työtään, perheen ystävän Robertin tarjoamaa työpaikkaa kunnioituksesta isäänsä kohtaan ja änen kykyjensä tunnustamisesta.

Mutta hänen tietämättään myös hänen halunsa hallita häntä.

Hän on mukava, sensuelli mutta suloinen tyttö, jolla on ollut sama oikaystävä, Peter, yliopiston fuksivuodesta lähtien.

He ovat seikkailijoita, mutta he eivät koskaan häiritse heidän aailmaansa.

Hän tietää mitä haluaa tai luulee tietävänsä, mutta hän on todella ottelevainen antaessaan muiden ohjata häntä elämänsä poluilla.

UUSI TYÖ

Hän seisoo rakennuksen edessä ja katselee lasi- ja teräsjulkisivua.

Katso kaikkia hyvin hoidettuja miehiä ja naisia, jotka kiirehtivät sisään ja ulos sisäänkäynnistä.

Hän katsoo omaa lyhythamepukuaan, kiihtyy ja astuu sisään.

Hän tuntee olevansa pieni ja hieman peloissaan hänen kuuden jalkansa yläpuolelle kohoavista miehistä, kun hän nousee hissiin ja astuu uuden työnantajansa yritykseen.

Katsellaan ympärilleen hän näkee hänet vastaanottotiskillä puhuvan pommiblondille naiselle ja kikattavan flirttailevasti, hänen hymynsä valaisee hänen kasvojaan, kun hän kääntyy hänen puoleensa.

Hän punastuu tietämättä miksi ja liikkuu häntä kohti kantapäänsä napsahtaen laattalattiaa vasten.

Hänen käsivartensa kietoo hänen olkapäitään suojaavasti, kun hän esittelee hänet tytölle pöydän ääressä.

"Anne, tämä on minun pikku Susyni!"

Hän punastuu, sitten suoristuu ja ojentaa kätensä.

"Hei, nimeni on Susan, mukava tavata."

Hän ohjaa häntä jatkuvasti käsi olkapäällään eri osastoille ja muille ohtajille.

Hän esittelee hänet Susaniksi, josta hän on kiitollinen, ja joka haluaa sittää parhaansa tässä suuren kilpailun maailmassa.

Hän pysyy hänen lähellään koko aamun ja yrittää muistaa monia rilaisia nimiä, ennen kuin hän lopulta johdattaa hänet oimistohuoneeseensa.

Hän näyttää hänelle eteishuoneen pöytää, joka on hänen suurimman san ajasta, kun hän on täällä.

Hän laittaa kukkaron pois ja juoksee kevyesti sormillaan hyvin alittujen huonekalujen yli.

Hänet johdetaan hänen toimistoonsa, jossa hän osoittaa ylellisiä tummia huonekaluja, jotka ovat kaikki nahkaa ja mahonkia.

"Ja tässä minä työskentelen."

Poistuessaan hänen vierestään ensimmäistä kertaa hän istuu pöytänsä ääreen.

Hän tuntee olonsa oudon yksinäiseksi seisoessaan tässä suuressa toimistossa hänen edessään.

Hän ottaa avaimia ja jatkaa puhumista:

"Vasemmalla, virkistyshuoneen takaa löytyy ovi pieneen keittiöön. Tämä viihdyttää usein asiakkaita. Baarijääkaapin tulee aina olla täynnä mitä listalla on, ja lisäksi siellä on ruokalista. Sinun on opittava valmistamaan kaikki ruokia, jos kokki ei ole tavoitettavissa. Laitan sen koulutusohjelmaasi."

Hän oli liikkunut nopeasti hänen takanaan, työntäen hänet ovea kohti ja avaten sen.

Suurisilmäinen ja hämmästynyt yrityksen kokoa ja omistamiaan toimistoja, hän ei voi muuta kuin nyökyttää typerästi.

"Näin tulee olemaan."

"Kyllä herra", hän sanoo hymyillen, mutta hänen äänensä vakavuus ravistelee häntä.

"Kyllä herra ". Hän vastaa automaattisesti.

Hän ottaa naisen kädestä, siirtyy pois keittiöstä ja johdattaa hänet toiseen makuuhuoneeseen, jonka ovi on samassa seinässä.

"Ja tämä on minun oma kylpyhuone, voit käyttää sitä, mutta vain luvallani, ymmärrätkö Susya?"

Hän nyökkää jälleen sanattomasti tämän kylpyhuoneen yltäkylläisyydelle ja toipuu, kun hän tuntee miehen jäykistyvän ja änkyttävän:

"Kyllä herra".

Hän hymyilee hänen tottelevaisuudestaan.

"Hän käyttää työntekijän vessaa käytävällä, jos hänellä on tarpeita enkä ole täällä."

Hän on nopeampi tällä kertaa.

"Kyllä herra".

Toisella puolella huonetta, kaksi samanlaista makuuhuonetta ovilla, jotka hän näyttää sinulle.

"Tämä on yksityinen kokoushuone", hän näyttää nopeasti, kun tämä kiirehtii hänet pois, "... ja tässä minä lepään, jos minun täytyy viettää yö kaupungissa."

Huone oli pimeä ja suuressa huoneessa oli suuri pylvässänky ja omituiset penkit.

Hän tuskin ehti tuntea sitä ennen kuin sulki oven häneltä.

Hän vie hänet takaisin pöytänsä ääreen, käynnistää tietokoneen ja näyttää hänelle henkilökohtaisen viestipalvelun toimistostaan tietokoneelle, jonka pitäisi olla aina päällä ja auki.

Tyytyväinen oikeaan "kyllä" oikeisiin aikoihin ja luonnolliseen taipumukseensa olla avuksi, hän jättää naisen pöydälle tutustumaan uuteen ympäristöönsä.

Hän testaa hänen huomionsa lähettämällä hänelle pieniä pikaviestejä ja hymyilee hänen välittömille vastauksilleen, kun hän lukee tehtäviä ja eri aikoja, jolloin he valittivat hänelle hänen pöytänsä ääressä.

TODELLINEN AMMATTI

Hän oli kärsivällinen ja ystävällinen, kun hän tutustui uuteen työhönsä ıänen yrityksessään.

Hän puhui hänelle usein pikaviestinäytön kautta aikoina, jolloin hän :i ollut kokouksissa tai yrityksen ulkopuolella, kysyen häneltä ›erheestään, ystävistään, kuinka hänen poikaystävänsä kanssa meni, ja sai ıänet tuntemaan itsensä häneltä. Näet rakkautesi ja aitoa kiinnostusta ·lämäänsä kohtaan.

Treenien kiireisinä ensimmäisten viikkojen aikana hän käytti aikaa :eskustellakseen hänen kanssaan ja muuttaakseen hänen aikatauluaan ırvittaessa. Hänestä tuli hänen mentorinsa, ystävänsä ja joskus ankara ;ähahmo.

Hän vitsaili hänen kanssaan, pelasi pelejä ja jutteli ystävällisesti.

Keskustelut muuttuivat vähitellen intiimimmiksi ajan kuluessa.

He pelasivat usein totuutta tai rohkeutta tietokoneella, ja pelissä ·eidän kysymyksistä tuli henkilökohtaisempia ja suorempia.

Sitten hän pysähtyi lukiessaan viimeistä vastaustaan.

Hän oli odottanut jotain tällaista tapahtuvan, mutta hän ei koskaan ›della odottanut sen tapahtuvan.

Täällä hän leikki totuutta ja tässä oli mahdollisuus uskaltaa hänen ınssaan uudelleen.

Hän valitsi aina totuuden... ja hän vain tunnusti poikaystävänsä :iskauksen ja että hän piti siitä.

Sen myötä hän aikoi alkaa toteuttaa unelmaansa.

Hän tiesi, ettei hän luultavasti koskaan leikkisi tätä hänen kanssaan ıää, ja melkein perääntyi, luullen haluavansa lopettaa tai, mikä ıhempaa, kertoa jollekulle seurassa ja sitten perheelleen.

Hänen oli kuitenkin edettävä.

Hänen pitkäaikainen halunsa ajoi hänet, ja hän alkoi kirjoittaa.

Hän ei ollut valinnut uskaltaa, mutta hän jatkoi kirjoittamista...

* * *

"Uskallan antaa minun pistää sinua, Susy."

Hän tuijotti, ei voinut uskoa lukemaansa.

Hän oli kasvanut lähemmäksi häntä, ihaillut häntä ja hänen tapaans välittää hänestä ja saanut hänet tuntemaan olonsa niin erityiseksi melkein kuin hän olisi hänen isänsä.

Ehkä hän vitsaili hänen kanssaan jälleen, uskomatta, mitä hän ol kertonut hänelle heidän treffeistään edellisenä iltana.

Hänen mielensä pyöri, kun hän ajatteli, miltä hänestä oli tuntunu saada poikaystävänsä piiska, ja hän kiemurteli istuimellaan, kun hä tajusi, että hänen oli vastattava.

Hän tuijotti näyttöä, viestilaatikko oli toistaiseksi tyhjä ja odot hänen vastaustaan.

* * *

Hän alkoi säikähtää, mutta sitten hän näki hänen kirjoittavan.

Hänen sydämensä hakkasi nopeasti, ja hän panikoi, ennen kuin hä vihdoin näki, mitä hän kirjoitti.

"Kyllä herra."

Hän kirjoitti nopeasti ja sai hänet toimimaan itsensä ja onnen mukaan:

"Astu sitten toimistooni ja sulje ovi. Kun tulet toimistooni, tottel kaikkia käskyjäni, makaat sylissäni puhumatta ja alistut piiskauksilleni.

* * *

Hän räpäytti hänen vastauksensa.

Tämä peli oli tulossa vakavaksi, mutta se oli vain peli, eikö niin?

Testasiko hän häntä?

Pitäisikö minun mennä takaisin?

He olivat molemmat hermostuneita ja jännittyneitä omista syistään, kiinnittyneinä tietokoneen näyttöön.

Hän ei halunnut olla ensimmäinen, joka perääntyy ja pakottaa hänet kiusoittelemaan itseään.

Hän kirjoitti:

"Kyllä herra".

***

"Tule sitten toimistooni, Susy, ja sulje ovi."

Ei vastattu, mutta hän ryntäsi toimistoonsa ja sulki oven kuin pelästynyt kani, epäuskoisena siitä, mitä hän oli juuri hyväksynyt, luullen, että tämä leikkii edelleen hänen kanssaan.

Hän istui näennäisesti liikkumattomana, kun hänen ruumiinsa särki häntä, näki hänen pelkonsa, hämmennyksensä ja kuumuuden silmissään, joka piti hänet toiminnassa.

"Sylini odottaa"

Hän otti askeleen eteenpäin ja hän kohotti kätensä, pysähtyi puolivälissä.

"Sinä suostuit tottelemaan minua astuessani tähän huoneeseen, eikö niin?"

Näkyvästi vapisten hän kuiskasi:

"Kyllä herra".

Hän osoitti maahan, rohkaistui ja murahti,

"Ryömiä minua kohti."

Hän katseli tunteiden leikkiä hänen kasvoillaan, vastahakoisuutta, pelkoa, pelkoa, jännitystä ja lopulta alistumista.

Hän päästi hengityksensä ulos, kun hän katseli unelmansa alkamista, kun hänen pieni vartalonsa putosi polvilleen ja sitten hänen käsiinsä, kun hän alkoi ryömiä häntä kohti.

Hän tunsi kukkonsa nykivän hänen nähdessään.

Se oli hänen vihdoinkin, jos vain tänä iltapäivänä.

***

Hän ei voinut uskoa tekevänsä tätä, tämä mies, jonka hän oli tuntenut koko elämänsä, oli todella piiskaamassa häntä.

Peli oli mennyt liian pitkälle, mutta miksi hän ei keskeyttänyt sitä?

Hän tajuaa halunneensa hänet!

Voi luoja, halusiko hän hänet?

Oliko hänessä jotain vikaa?

Miksi se tuntui tältä?

Hänen silmänsä lukittuivat hänen vahvaan vartaloonsa hänen isossa tuolissaan, kun hän ylsi hänen jalkoihinsa ja liukastui kuin käärme, hän liikkui hänen sylissään.

Hän tiesi sen olevan väärin, mutta ei voinut sille mitään.

Ilman sanoja, ilman keskustelua, silittelemättä häntä hyvästä tytöstä, hänen kätensä osui lujasti hänen perseeseensä, ja tämä kiljui.

***

Hän katsoi kaunista enkeliä, joka ryömi häntä kohti, hänen mielensä meni pimeimpiin paikkoihin ja joutui perääntymään, niin nuori ja vaikutuksellinen, ettei hän ymmärtänyt arvoaan.

Hän käytti kaiken tahdonvoimansa pysyäkseen välinpitämättömänä kun hän liukuu hänen syliinsä, varma, että hän voi tuntea tämän kovuuden hänen vatsassaan, kun hän nostaa hameansa, paljastaen vaaleanpunaisen hihnan, nostaa kätensä ja lyö häntä kaikin voimin.

Jos vain tämän kerran hän nautti siitä.

Katso, kuinka hänen jännittyneet lihaksensa aaltoilevat hyökkäyksen alla ja hänen kädenjäljensä hehkuvat punaisena hänen valkoisella iholla.

Hän huutaa ja huokaisee:

"Ohhhhh thatooo hurtsleeeeee".

Hän kiljuu ja vääntelee jalkojaan potkimalla, kun hän ruoskii häntä jälleen syvään.

***

Hän kadottaa piiskauksen, kun kipu täyttää hänen pienen ruumiinsa ja lämmittää häntä.

Hän huomaa lämmön, joka alkaa hänen pienessä pillussaan, ja kosteuden hänen reisillään, kun hän piiskaa häntä.

Lämpöensä eksyneenä ja tarve huutaa, pienet kyyneleet valuvat hänen poskilleen.

***

Hänen kätensä puutuu, kun hän ruoskii häntä kovasti nauttien hänen kovien lihaksiensa kireydestä, hänen huudoistaan ja anomuksistaan, että hän lopettaisi hänen piiskaamisen, kun hän maalaa hänen pienen perseensä kirkkaan punaiseksi.

Hän pysähtyy, kun hän näkee hänet märkänä jalkojensa välissä, uskomattomalla tavalla, hänen pieni vartalonsa nykivän hänen sylissään.

***

Hänen mielensä lukittui tämän miehen voimaan, kun hän hautoo ja huutaa.

Kun hän jatkaa hänen piiskaamista lujaasti ja nopeasti, hänen kehonsa ottaa vallan hänen mielensä pyöriessä, hän tuntee kuumuuden ja tukahdutetun tarpeen liian kyvyttömästä poikaystävästä ja on eksyksissä tunteeseensa tulevansa, kovenevansa ja orgasmiinsa. ruiskuttaa hänen reisilleen tällä yksinkertaisella piiskalla.

Hän tuntee, että hän pysähtyy ja kuolee sisällä.

Hänen häpeänsä täyttää hänet, kun hän vapisee hänen sylissään, haukkoen ja nyyhkyttäen.

Hänen punastuvan lämpönsä täytti hänen kasvonsa, niin hämmentyneenä, kuinka hän olisi voinut tehdä sen?

***

Hän hymyilee nähdessään hänen kasvonsa punastuvan häpeästä pitäen häntä paikallaan tietäen, että tämä on hänen hetkensä.

"Ensi viikolla sinusta tulee orjani. Tämä on kuninkaallinen ammattisi. Tottelet minua kaikessa, mitä käsken sinua. Pysyt aina näkyvissä ja pyydät lupaani lähteä tarvittaessa, vaikka vain mene vessaan. Omistan sinut ja sinä tottelet minua. Viikon lopussa puhumme tästä taas."

***

Hän makaa hänen sylissään ja tuntee hänen piiskansa orgasmin ja kuuntelee hänen sanojaan.

Se on lausunto, ei kysymys.

Hän ymmärtää, ettei hän ole antanut hänelle vaihtoehtoja.

Hän kallistaa päätään häpeässään ja vapisee siitä, mitä hän juuri teki.

Ja hän huutaa:

"Kyllä herra"

TARINA JATKUU SEURAAVASSA OSASSA: SÄÄNNÖT

Milton Keynes UK
Ingram Content Group UK Ltd.
UKHW040756010823
426141UK00001B/63